LEKTÜRESCHLÜSSEL FÜR SCHÜLER

Morton Rhue

The Wave

Von Kathleen Ellenrieder

Philipp Reclam jun. Stuttgart

Reclams Fremdsprachen-Lektüreschlüssel folgen dem bewährten Aufbau- und Darstellungsprinzip der Lektüreschlüssel zur deutschen Literatur. Sie beziehen sich auf den fremdsprachigen Originaltext (wenn möglich in Reclams Roter Reihe), sind aber auf Deutsch verfasst und unterstützen ebenso die Lektüre der deutschen Übersetzung. Eine »Checkliste« enthält Fragen und Aufgaben zur Verständniskontrolle in der Fremdsprache. Unter dem Darstellungstext stehen Übersetzungshilfen und Schlüsselbegriffe in der Fremdsprache, um die Bearbeitung dieser Aufgaben und ein fremdsprachiges Referieren über das Werk zu erleichtern.

RECLAMS UNIVERSAL-BIBLIOTHEK Nr. 15355

Gesamtherstellung: Reclam, Ditzingen
Printed in Germany 2004

ISBN 3-15-015355-7

www.reclam.de

Inhalt

1. Erstinformation zum Werk

The Wave basiert auf einer wahren Geschichte: 25 Jahre nach dem Ende des Dritten Reiches fragen Schüler der Cubberley High School im kalifornischen Palo Alto ihren jungen Geschichtslehrer, ob so etwas jemals wieder geschehen könne.

Wahre Geschichte

Als Antwort darauf entschließt sich Lehrer Ron Jones zu einem Experiment:[1] Er gründet eine Gemeinschaft mit Namen »The Third Wave«, in der seine Schüler durch eigene Erfahrung entdecken sollen, was Faschismus bedeutet und wie es sich anfühlt, persönliche Freiheiten gegen die Zugehörigkeit zu einer vermeintlich überlegenen Gruppe einzutauschen. Der Erfolg des Unterrichtsexperiments erweist sich als überragend: Wenige Tage später wollen bereits über 200 Schüler aus allen Jahrgangsstufen der Cubberley High School Teil der sie faszinierenden »Third Wave« werden. Der betont autoritäre Umgangston, den Jones im Rahmen seines Experiments eingeführt hat, stört die Schüler ebenso wenig wie die ständigen Wieder-

Der Erfolg der »Welle«

auf einer wahren Geschichte basieren: **to be based on a true story**
Geschichtslehrer: **history teacher/instructor**
Gemeinschaft: **community**
entdecken: **to experience, to learn about**
Faschismus: **fascism**
überlegene Gruppe: **superior community**
Unterrichtserxperiment: **experient in class**
autoritärer Umgangston: **authoritarian rules of etiquette**

holungen stupider Grußzeremonien, Sprechchöre oder die strikte Einführung einer als korrekt bezeichneten Sitzhaltung. Keine Probleme bereitet den Jugendlichen auch die Diskriminierung von Nichtmitgliedern. Stattdessen identifizieren sich die »Third Wave«-Mitglieder so sehr mit ihrer Gruppe, dass gegenseitige Spitzeleien und Denunziationen von im Sinne der Gruppenregeln »auffälligen« Mitschülern als Tugend gelten. Starke Emotionen als Reaktion auf den wachsenden Zulauf der »Third Wave« bleiben freilich nicht aus: Ein Schülervater, Veteran des Zweiten Weltkrieges, verwüstet in einer Art Kurzschlussreaktion ein Klassenzimmer. Das Klima an der Schule verändert sich derart, dass Lehrer Jones sich bereits nach fünf Tagen gezwungen sieht, das ursprünglich auf zwei Wochen angelegte Experiment abzubrechen.

Sein 1972 im *Whole Earth Review* veröffentlichter Erfahrungsbericht *Take As Directed* bildet schließlich die Vorlage für den US-Fernsehfilm *The Wave* von Norman Lear, der 1981 im amerikanischen Fernsehen gezeigt wird. Im selben Jahr verarbeitet Jugendbuchautor Todd Strasser unter dem Pseudonym Morton Rhue den Film sowie die Quintessenz aus Jones' Erfahrungsberichten zu einer gleichnamigen No-

stupide Grußzeremonien: **meaningless greeting rituals**
Sitzhaltung: **sitting posture**
Diskriminierung von Nichtmitgliedern: **discrimination against nonmembers**
Tugend: **virtue**
Zulauf: **response**
Klima: **overall atmosphere**
Pseudonym: **pseudonym**
Erfahrungsbericht: **report**

velle. Die Geschichte der »Welle« wird auf Strassers Homepage im Internet als mahnende Erinnerung an Vergangenes sowie als Warnung für die Zukunft bezeichnet. Wie aktuell diese Warnung sei, so heißt es unter der Adresse www.toddstrasser.com weiter, belegten die jüngsten ethnischen Säuberungen in Osteuropa und Afrika.[2]

ethnische Säuberung: **ethnic cleansing**

2. Inhalt

Morton Rhues Novelle *The Wave* gliedert sich in 17 Kapitel. Hauptschauplatz der Geschichte ist die Gordon High School in einer idyllischen Kleinstadt in den USA.

Stars und Versager

1. Das erste Kapitel stellt die wichtigsten Figuren vor: Laurie Saunders, Oberstufenschülerin und populäre Chefredakteurin der Schülerzeitung; Lauries Freund David Collins, Star der Schul-Football-Mannschaft; außerdem Robert Billings, der als Außenseiter und Versager verachtet wird.

Die Erzählung beginnt mit einer Unterrichtsstunde beim jungen Geschichtslehrer Ben Ross.

2. Unterrichtsthema sind die Verbrechen der Nationalsozialisten zwischen 1933 und 1945 in Deutschland. Ben Ross zeigt einen Film über die NS-Konzentrationslager. Die Schüler reagieren erschüttert. Sie wollen wissen, wie

sich in … Kapitel gliedern: **to be divided into … chapters**
Schauplatz: hier: **setting**
jdn./etw. vorstellen: **to introduce s.b./s.th.**
Oberstufenschüler(in): **senior student**
Chefredakteur(in): **editor in chief**
Schülerzeitung: **school magazine**
Außenseiter: **outsider**
Versager: **loser**
Verbrechen: **crimes**
Konzentrationslager: **concentration camps**

die deutsche Bevölkerungsmehrheit die Gräueltaten des NS-Regimes zulassen konnte.

Wie konnte der Holocaust geschehen?

3. Mittagspause in der Schulkantine: Während Laurie und ihre Freundin Amy über den Film nachgrübeln, gehen David und dessen Football-Kamerad Brian wieder zur Tagesordnung über. Sie witzeln über Robert, den Außenseiter.

4. Ben Ross vergräbt sich zu Hause in Forschungsliteratur über den Nationalsozialismus, um auf die Fragen seiner Schüler eine angemessene Antwort zu finden. Er entschließt sich zu einem Unterrichtsexperiment.

5. Am nächsten Tag übt Ross mit seinen Schülern, aufrecht in der Bank zu sitzen und augenblicklich aufzuspringen, wenn er sie anspricht. Die Neugier der Klasse ist schnell geweckt: Bis zum Ende der Stunde gehorchen die Schüler jedem Befehl ihres Lehrers, als wären sie »ein Regiment Soldaten«. Als besonders gelehrig im Sinne der neuen Umgangsformen erweist sich der bisherige Außenseiter Robert.

Bevölkerungsmehrheit: **majority of the** (German) **population**
Gräueltaten: **atrocities**
etw. zulassen: **to allow s.th.**
Mittagspause: **lunch break**
über etw. nachgrübeln: **to brood over s.th.**
zur Tagesordnung übergehen: **to return to business as usual**
angemessen: **appropriate**
Unterrichtsexperiment: **experiment in class**
Neugier: **curiosity**
Umgangsformen: hier: **rules of etiquette**

Disziplin und Unterordnung

6. In der nächsten Geschichtsstunde beschließt Ross spontan, sein Experiment fortzuführen. Er funktioniert die Unterrichtsstunde zur Gründungsversammlung einer Gemeinschaft mit Namen »Die Welle« um, ernennt sich selbst zum Anführer und verlangt Disziplin und Unterordnung. Seinen Schülern schärft Ross ein, einander als gleichwertige Mitglieder anzuerkennen. Die Klasse ist fasziniert. Nach dem Unterricht versucht David, den neu erfahrenen Gemeinschaftsgeist auf die ebenso glücklose wie zerstrittene Football-Mannschaft zu übertragen.

7. Beim Abendessen erzählt Laurie ihren Eltern von der »Welle«. Während ihre Mutter Gehirnwäsche befürchtet, begrüßt ihr Vater das Interesse der Schüler an Disziplin und Gemeinsinn. Derweil berichtet Ross seiner Frau Christy vom neuen Lerneifer in seiner Klasse. Christy ermahnt ihn, nicht das eigentliche Ziel seines Experiments aus den Augen zu verlieren: die Veranschaulichung des nationalsozialistischen Unterdrückungsapparates in Hitlerdeutschland.

spontan: **spontanously**
etw. fortführen: **to go on with s.th., to continue s.th.**
Gründungsversammlung: **institutional meeting**
jdn. (zu etw.) ernennen: **to appoint s.b. (s.th.)**
Anführer: **leader**
gleichwertig: **equal**
etw. erleben, erfahren: **to experience s.th.**
Gehirnwäsche: **brainwashing, manipulation**
Lerneifer: **eagerness to learn**
nationalsozialistischer Unterdrückungsapparat: **Nazi system of repression**
Hitlerdeutschland: **Hitler's Germany, Germany under Hitler**

8. Ross verteilt im Unterricht Mitgliedskarten der »Welle« und fordert seine Schüler dazu auf, Neumitglieder zu rekrutieren. Einzelne Schüler bestimmt Ross zu Aufpassern, die »auffällige« Mitglieder denunzieren sollen; zu diesen Aufpassern gehört auch Robert. Seine neue Funktion verleiht ihm den Mut, sich in der Mittagspause zu den populären Football-Spielern an einen Tisch zu setzen.

9. Die »Welle« erfährt aus allen Jahrgangsstufen der Schule regen Zulauf; die Schüler sind von der Gleichheitsdoktrin und der Gruppendisziplin fasziniert. Sogar die Football-Mannschaft scheint sich in ein spielstarkes Team verwandelt zu haben. Doch Laurie wird die bedingungslose Unterordnung der »Welle«-Mitglieder zunehmend unheimlich. Zusammen mit den übrigen Reportern der Schülerzeitung bereitet sie einen kritischen Hintergrundbericht über die »Welle« vor.

Faszinierende Gleichmacherei

10. Ross erläutert Schuldirektor Owens, der sich über die »Welle« informieren möchte, die Hintergründe seines Experiments über die Möglichkeiten und Gefahren blinden Ge-

Mitgliedskarte: **membership card**
Aufpasser: **monitor**
Zulauf: **response**
Gleichheitsdoktrin: **doctrine of equality**
Gruppendisziplin: **group discipline**
spielstarkes Team: **effective team, strong team**
Unterordnung: **submission, subordination**
Hintergrundbericht: **feature**
Schuldirektor: **head-master**
Hintergründe: hier: **genesis**
Gehorsam: **obedience**

horsams. Direktor Owens ist einverstanden, nimmt Ross aber das Versprechen ab, das Experiment unter Kontrolle zu behalten.

11. Laurie wird ein anonymer Artikel zugespielt, der sie alarmiert: Ein Oberstufenschüler soll versucht haben, einen jüngeren Mitschüler mit Drohungen zum Beitritt zur »Welle« zu bewegen. Derweil rüstet sich die »Welle« mit einer großen Kampagne zur ersten Mitgliederversammlung.

12. Davids Freund Brian prügelt sich mit einem jüngeren Football-Kameraden, Deutsch. Als ein Lehrer die Kampfhähne trennt, ruft Brian das Motto der »Welle«. Laurie erschrickt, zumal David Deutsch vorwirft, die »Welle« zu boykottieren. Laurie hat daraufhin von der »Welle« genug und weigert sich, die Mitgliederversammlung zu besuchen. Als sie auch David von den möglichen Gefahren der »Welle« überzeugen will, kommt es zum Streit und zur Trennung. Laurie flüchtet sich ins Redaktionsbüro der

Ausgrenzung contra Meinungsfreiheit

jdm. das Versprechen abnehmen: **to make s.b. promise s.th.**
etw. unter Kontrolle behalten: **to keep s.th. under control**
anonymer Artikel: **anonymous article/report**
jdm. drohen, Drohung: to threaten s.b., **threat**
beitreten: **to join, become a member of (a group)**
Kampagne: **campaign**
Mitgliederversammlung: **general meeting**
sich mit jdm. prügeln: **to fight s.b.**
jdn. von etw. überzeugen: **to convince s.b. of s.th.**
Streit: **conflict**
Trennung: **separation**
Redaktionsbüro: **editors' office**

Schülerzeitung. Dort gesellen sich zwei Schulreporter zu ihr, die von der »Welle« ebenfalls nicht viel halten; die drei beschließen, ihre Kritik in der nächsten Schülerzeitung öffentlich zu machen. Lauries Misstrauen gegen die »Welle« schlägt in Ablehnung um, als sie abends erfährt, dass ein jüdischer Mitschüler im Namen der »Welle« zusammengeschlagen wurde.

13. Der Football-Mannschaft steht ein wichtiges Spiel bevor. Auf der Tribüne kommt es zum Eklat, als Laurie einem Ordner den »Welle«-Gruß verweigert und aus Protest die Tribüne wieder verlässt. Unter Lauries Leitung verfasst die Redaktion der Schülerzeitung eine kritische Sonderausgabe über die »Welle« und prangert die Unterdrückung individueller Freiheiten im Namen der Gleichheit und Disziplin an.

14. Als Laurie versucht, ihre beste Freundin Amy von den Gefahren der »Welle« zu überzeugen, erntet sie eine Abfuhr. Die Berichte aus der Schülerzeitung verursachen an der Schule einen Aufruhr. Die Mitglieder der »Welle« reagieren verärgert. Robert verlangt in seiner Funktion als Auf-

etw. öffentlich machen: **to publish s.th.**
Misstrauen: **scepticism**
Ablehnung: **rejection**
jdn. zusammenschlagen: **to beat s.b. up**
Tribüne: **terraces** (pl.)
Eklat: **scandal**
Ordner: hier: **steward**
Sonderausgabe: **special edition**
etw. anprangern: **to criticize s.th., denounce s.th.**
individuelle Freiheiten: **individual rights**
eine Abfuhr ernten: **to meet with a rebuff**
verärgert reagieren: **to react in a huff**

Laurie ist allein

passer, dass man Laurie mundtot machen müsse. David wird dazu bestimmt, mit seiner Ex-Freundin ein ernstes Wort zu reden.

15. Ross steht ein unangenehmes Gespräch mit Direktor Owens bevor. Seine Frau Christy beschwört ihn, die »Welle« aufzulösen. David passt Laurie auf ihrem abendlichen Nachhauseweg ab und wirft sie nach einem Streit zu Boden. Schockiert erkennt er plötzlich, wie verblendet er ist. Die beiden versöhnen sich und besuchen dann Ross, um ihm vor Augen zu führen, wie viel Angst und Schrecken die »Welle« unter den Schülern verbreitet. Ross verspricht, die »Welle« aufzulösen.

16. Am nächsten Morgen verlangt Direktor Owens von Ross, sein Unterrichtsexperiment noch am selben Tag zu beenden. Im Unterricht kündigt Ross daraufhin für den Nachmittag eine Mitgliederversammlung der »Welle« an. Er erzählt den Schülern, dass der oberste Führer die »Welle« im Fernsehen live zur nationalen Jugendbewegung ausrufen werde. David und Laurie versuchen, ihren Kameraden die

jdn. mundtot machen: **to silence s.b.**
ein unangenehmes Gespräch: **an unpleasant tête-à-tête**
jdn. beschwören: **to beg s.b. to do s.th.**
jdn. abpassen: **to wait for s.b., waylay s.b.**
etw. erkennen: **to realize s.th.**
verblendet sein: **to be deluded**
sich versöhnen: **to make friends again**
jdm. etw. vor Augen führen: **to make s.b. understand s.th.**
etw. auflösen: hier: **to bring s.th. to an end**
etw. ankündigen: **to announce s.th.**
Jugendbewegung: **youth organization**
jdm. die Augen öffnen: **to make s.b. realize s.th.**

Augen zu öffnen und Ross von der Einberufung der »Welle«-Vollversammlung abzuhalten. Dieser bringt David und Laurie daraufhin zu Direktor Owens, der in Ross' Pläne eingeweiht ist und den beiden Schülern daher kein Gehör schenkt.

17. In der voll besetzten Aula findet die Vollversammlung der »Welle«-Mitglieder statt: jeder will den von Ross angekündigten »nationalen Führer« der »Welle« sehen. Doch Ross zeigt stattdessen ein überdimensionales Porträt von Adolf Hitler sowie historische Filmaufnahmen aus NS-Konzentrationslagern. Er redet den Schülern eindringlich ins Gewissen und führt ihnen vor Augen, wie sehr sie in ihrem blinden Gehorsam den menschenverachtenden NS-Faschisten nahe gekommen seien, über deren Taten sie sich im Geschichtsunterricht so schockiert geäußert hätten. Zutiefst erschüttert verlassen die Schüler den Saal. Zurück bleibt Robert, für den eine Welt zusammengebrochen zu sein scheint. Ben Ross geht auf das Sorgenkind zu.

Lektionen in Sachen Faschismus

Robert muss viel lernen

eingeweiht sein: **to be informed about s.th.**
historische Filmaufnahmen: **film documents**
jdm. ins Gewissen reden: **to lecture s.b. (on s.th.)**
menschenverachtend: **inhumane**
Faschist: **fascist**
für jdn. bricht eine Welt zusammen: **s.b. has lost everything**
Sorgenkind: **troublesome student**

3. Personen

Laurie Saunders wird zu Beginn der Erzählung als Musterschülerin der Gordon High School eingeführt: Ihre Schulnoten sind überragend, die »Hälfte aller Eltern« erhebt sie zum Vorbild für die eigenen Kinder (102), unter den Mitschülern ist Laurie beliebt, und ihre Funktion als Chefredakteurin der Schülerzeitung weist sie als respektierte Meinungsführerin aus. Dass Laurie zudem in der exklusiven Clique der Sportler (amerikanisch: *jocks*) verkehrt und ihr Freund David Kapitän der Schul-Football-Mannschaft ist, vergrößert ihr Prestige in dem von »Wettbewerb« (102) geprägten Schulalltag zusätzlich.

Lauries positive Außenwirkung beruht auf tatsächlichen Charakterstärken. Sinn für Humor verrät ihre harmlose kleine Pantomime hinter dem Rücken des drögen Französischlehrers. Dass sie andererseits ein sehr nachdenkliches und vernünftiges Mädchen ist, zeigen Lauries Gespräche mit ihren Eltern kurz nach Gründung der »Welle«; die Meinungen ihrer

Die Couragierte

Musterschüler(in): **top student**
Schulnoten: **grades**
Vorbild: **example**
beliebt: **popular**
Meinungsführerin: **opinion leader**
Clique: **group**
von etw. geprägt sein: hier: **to be characterized by s.th.**
Außenwirkung: **aura**
nachdenklich: **serious**

Eltern nimmt sie ernst, relativiert allerdings für sich die nach ihrer Erfahrung übertrieben besorgte Reaktion der Mutter. In der Schule geht Laurie mit ihrer Vorzugsstellung verantwortungsvoll um. So nimmt sie ihre Arbeit als Chefredakteurin der Schülerzeitung rundum ernst und gibt auch solchen Leserstimmen ein Forum, die aus Angst anonyme Zuschriften verfassen. Andererseits erledigt Laurie klaglos Arbeiten, zu denen andere keine Lust haben (etwa das Aufräumen nach der Redaktionsparty).

Lauries Grundhaltung, selbstständig zu denken und sich nicht durch Werbungen oder Drohungen beeinflussen zu lassen, ändert sich auch dann nicht, als die Mehrzahl der Schüler das Gleichheitsgebot der »Welle« zur Doktrin erheben. Laurie kann sich damit nicht identifizieren, da in der »Welle« statt individueller Standpunkte und Leistungen die Unterordnung des Einzelnen unter die Gruppe und der unbedingte Gehorsam gegenüber dem »Welle«-Anführer zur Pflicht erklärt werden. Als »Welle«-Mitglieder wenig später beginnen, auf Nichtmitglieder Druck auszuüben und im Namen des Kollektivs ein Klima der Angst zu verbreiten, verwandelt sich Lauries anfängliche Skepsis in offene Ablehnung. Trotz der Warnungen ihres Vaters und der verletzenden Reaktion ihrer besten Freundin Amy beschließt Laurie zu handeln. Sie geht mit allen ihr zur Verfügung stehenden Mitteln gegen die Meinungsführerschaft der »Welle« vor. So versucht sie ihre Freunde dazu zu bewegen, ihre Mitgliedschaft zu überdenken; als das misslingt, verweigert

etw. ernst nehmen: **to take s.th. seriously**
Vorzugsstellung: **privileged status**
selbstständig: **independent**
Klima der Angst: **atmosphere of fear**

Laurie in der Öffentlichkeit eines gut besuchten Football-Spiels der Schule den obligaten »Welle«-Gruß (um den jüngeren Mitschülern in Sachen Selbstbestimmung ein Vorbild zu bieten). Schließlich betrachtet Laurie es als ihre moralische Pflicht, in der Schülerzeitung auf die Gefahren der »Welle« hinzuweisen und von Diskriminierungen und Straftaten gegenüber Andersdenkenden zu berichten. Am Ende versucht sie zusammen mit David, den Geschichtslehrer Ben Ross als Gründer der »Welle« dazu zu bewegen, die Gruppe aufzulösen. Als Ross seinem Versprechen nicht sofort nachkommt, bricht Laurie ein letztes Tabu: Im Beisein des Gruppenanführers richtet sie einen flammenden Appell an ihre Mitschüler.

Laurie als Vorbild

Im Roman stellt Laurie ein Paradebeispiel für Mut und Zivilcourage dar. Unter dem Eindruck eines totalitär geprägten Umfeldes setzt sie sich aktiv für das Recht des Einzelnen auf Gedanken- und Meinungsfreiheit ein. Dabei nimmt sie nicht nur den Verlust ihrer Vorzugsstellung und eine Trennung von ihrem Freund David in Kauf, sondern stellt sich auch der Möglichkeit gewalttätiger Racheakte durch erzürnte Mitschüler. Laurie lässt sich nicht einmal von der Unterstellung ihrer ehemaligen Freunde beirren, sie sei gegen die »Welle«, weil deren Gleichheitsdoktrin neue Helden hervorgebracht und Laurie in die Bedeutungslosigkeit habe versinken lassen. Obwohl es immer wieder aussichtslos erscheint, als Einzelne gegen

Mutiger Widerstand

obligat: **mandatory**
Selbstbestimmung: **(right of) self-determination**
moralische Pflicht: **moral duty**

die geballte gegnerische Übermacht etwas auszurichten, kämpft Laurie unverdrossen bis zuletzt gegen den Versuch überzeugter »Welle«-Mitglieder, die verschüchterte Schülerschaft völlig zu vereinnahmen. Ihr mutiges Handeln trägt am Ende tatsächlich Früchte: Durch die von Laurie veröffentlichten Details über die Gefahren der Welle nimmt der Druck von Eltern und Lehrerkollegen auf Ben Ross schließlich derart zu, dass dieser sein außer Kontrolle geratenes Experiment frühzeitig abbricht.

All-American-Darling

David Collins ist Lauries Freund. Wie sie verkörpert er den sprichwörtlichen Traum aller Schwiegermütter: Er ist ein beliebter und leidlicher Schüler, führt die Schul-Football-Mannschaft und arbeitet ehrgeizig darauf hin, später einmal Ingenieur zu werden.

Punktuelle Schwierigkeiten im Bereich der höheren Mathematik scheinen zunächst Davids einzige persönliche Schwäche zu sein. Doch dann gründet Geschichtslehrer Ben Ross eines Tages die »Welle«. Anders als seine Freundin Laurie kann sich David als ehrgeiziger Teamsportler mit den Grundsätzen der »Welle« (Gleichheit, Disziplin und

Übermacht: **predominance**
gegen etw. kämpfen: **to battle against s.th.**
verschüchtert: **frightened, scared**
jdn. vereinnahmen: **to patronize s.b.**
Druck: **pressure**
außer Kontrolle geraten: **to get out of control**
Traum aller Schwiegermütter: **perfect son-in-law**
ehrgeizig: **ambitious(ly)**
auf etw. hinarbeiten: **to work towards s.th.**

Handeln) gut identifizieren. Er wird zu einem aktiven und prominenten Mitglied der Gruppe, weil er als Mannschaftskapitän in den Leitsätzen der »Welle« das Patentrezept einer idealen Gesellschaft formuliert zu sehen glaubt: David glaubt an das Wesen des Teams. Das neue Gemeinschaftsgefühl, das die »Welle« vermeintlich in den Schülern erweckt hat, erscheint ihm zudem als Möglichkeit, der glücklosen Football-Mannschaft zum ersehnten Erfolg zu verhelfen.

Der Idealist

Daher lässt David auf die Qualitäten der »Welle« nichts kommen; durchsickernde Gerüchte von Diskriminierungen und Erpressungen von Nichtmitgliedern hält er für böswillige Propaganda. In seiner Begeisterung kann er nicht erkennen, dass die sich verselbstständigende Gruppendynamik der »Welle« für die Freiheiten des Einzelnen Gefahren birgt. Vielmehr überträgt David seine eigene sportliche Teamorientiertheit – also Fairness und die Bereitschaft, auf andere zuzugehen und mit ihnen zusammenzuarbeiten – auf sein persönliches Bild von der Beschaffenheit der »Welle«. Im Umgang mit Zweiflern und Kritikern verhält sich David stets diplomatisch, weil er daran glaubt, andere durch sachliche Argumente von der »Welle« überzeugen zu können. Roberts radikales Ansinnen, »Welle«-Kritiker »an ihren Plänen [zu] hindern«, kann David nicht nachvollziehen; er

Patentrezept: **formula**
ideale Gesellschaft: **ideal society**
Gerücht: **rumour**
Erpressung: **blackmailing**
Gruppendynamik: **group dynamics**
Zweifler: **doubter**
etw. nachvollziehen: **to understand s.th.**

hält davon auch überhaupt nichts. David ist also kein bloßer Mitläufer, sondern – wie Laurie ihn später nennen wird – ein »Idealist«, also jemand, der an das Gute einer Idee glaubt und andere deshalb davon überzeugen möchte, ohne selbst allerdings mögliche Schattenseiten oder Gefahren erkennen zu können.

Ein Schlüsselerlebnis belehrt David schließlich eines Besseren. Als Laurie nämlich mit der Veröffentlichung brisanter Details über die »Welle« in der Schülerzeitung eine mächtige Phalanx aus Eltern und Lehrern auf den Plan ruft, verliert David die Beherrschung. Er wirft Laurie zu Boden. Im gleichen Augenblick erkennt er jedoch, wie verblendet er gewesen ist: Im Namen einer Gruppe, in der David selbst nur Gutes zu sehen vermeinte, hätte er beinahe »das einzige Mädchen, das er immer noch liebte«, verletzt. Daraufhin sagt sich David von der »Welle« los: Er hat erkannt, dass die Gruppe in Wahrheit keinen echten Teamgeist propagiert, sondern im Namen des internen Zusammenhalts Nichtmitglieder diskriminiert und verfolgt. Gemeinsam mit Laurie besucht David daraufhin den Anführer der »Welle«, den Geschichtslehrer Mr. Ross, um diesen zur Auflösung der Gruppe zu bewegen.

David lernt seine Lektion

Robert Billings gilt mit seinen schlechten Noten als Außenseiter und ständiger Versager der Schule. Verschär-

Mitläufer: **follower**
Schattenseiten: **drawbacks**
Schlüsselerlebnis: **crucial experience**
jdn. eines Besseren belehren: hier: **to open s.b.'s eyes**
die Beherrschung verlieren: **to lose control (over s.b.)**
Teamgeist: **team spirit**

fend wirkt sich zudem aus, dass Robert im Schatten eines äußerst erfolgreichen erwachsenen Bruders steht, welcher während seiner eigenen Schulzeit an der Gordon High School als Mädchenschwarm und Musterschüler gegolten hatte.

Der »Loser«

Robert hingegen wird als »traditioneller Prügelknabe« von seinen Mitschülern traktiert. Diese Situation kehrt sich kurz nach Gründung der »Welle« ins Gegenteil um: Robert mutiert plötzlich zum Vorzeigemitglied, das die ebenso wenigen wie einfachen Benimmregeln der »Welle« am schnellsten und in Vollendung beherrscht: Sprechchöre, Grußzeremonien und militärische Körperhaltung, die eine inhaltliche Auseinandersetzung mit der Unterrichtsmaterie ersetzen. Darüber hinaus findet Robert Halt im blinden Gehorsam gegenüber dem Anführer, dem er sich gar als Leibwächter andient, sowie in der korrekten Frisur und Kleidung. »Welle«-Anführer Ben Ross tut noch ein Übriges: Er bestellt Robert zum »Aufpasser« und trägt ihm auf, »auffällige« Mitglieder zu denunzieren. Damit ist Robert zu einem respektierten Mitglied der Schülerschaft geworden, zumal der Gleichheitsgedanke der »Welle« das bisher auf Leistung fußende Wettbewerbsklima an der Schule weitgehend verdrängt hat.

Als Ben Ross die »Welle« wieder auflöst, bricht für Robert eine Welt zusammen. Der Roman endet mit einem

im Schatten eines anderen stehen: **to be in the shade of s.b. else**
Mädchenschwarm: **hero, idol**
Prügelknabe: **whipping-boy, scape-goat**
jdn. traktieren: **to pick on s.b.**
Sprechchor: **chorus**

offenen Schluss: Ben Ross geht auf den Jungen zu, um mit ihm über dessen Zukunft zu reden. Wie Roberts weiterer Lebensweg aussehen mag, bleibt somit der Phantasie des Lesers anheim gestellt. Dass Robert aber die Figur ist, welche den Leser am Ende des Romans am meisten zum Nachdenken anregt, hat einen wichtigen Grund: Er verkörpert einen Typus, der seine persönliche Freiheit aus Sehnsucht nach Anerkennung und Geborgenheit einer Gruppe unterordnet und von dieser missbraucht wird.

Der Mitläufer

Ben Ross unterrichtet an der Gordon High School Geschichte. Dabei versucht der junge, motivierte Lehrer, eigene Wege einzuschlagen und Geschichte praktisch zu vergegenwärtigen. So nimmt Ross Fragen der Schüler zur Geschichte der NS-Diktatur des Dritten Reiches zum Anlass, zu zeigen, wie leicht Faschismus überall entstehen kann und welche gesellschaftlichen Gefahren aus totalitären Überwachungsregimes erwachsen. Dazu gründet Ross im Rahmen eines Unterrichtsexperiments eine Gemeinschaft mit Namen »Die Welle« und ernennt sich selbst zum Anführer.

Innovativer Sozialarbeiter

Da die Schüler allerdings von dem Gedanken der Gleichheit aller Mitglieder und dem neuen Zusammengehörig-

auf jdn. zugehen: **to go up to s.b.**
Lebensweg: **path through life**
jdm. etw. anheim stellen: **to leave s.th. for s.b. to determine**
unterrichten: **to teach**
eigene Wege einschlagen: **to pick one's own paths**
etw. vergegenwärtigen: **to visualize, bring to mind**

keitsgefühl in der Gruppe allzu fasziniert sind, belässt es Ross nicht beim ursprünglich geplanten Rollenspiel im Unterricht. Stattdessen weitet er das Experiment auf die gesamte Schülerschaft aus und trägt seinen Schülern auf, neue Mitglieder zu rekrutieren. Der erhoffte Erfolg des Experiments – die Vergegenwärtigung eines eigendynamischen Klimas der Angst und des Schreckens als Folge eines totalitären Gruppenzwangs – stellt sich bald ein. Ross begeht allerdings einen Fehler: Dem zunehmenden Führerkult um seine Person, der im Angebot eines Leibwächters gipfelt, vermag sich der junge Lehrer kaum mehr zu entziehen. So verliert er zeitweise das ursprüngliche Ziel seines Experiments aus den Augen, nämlich seine Absicht, die Schüler zu mündigen Demokraten zu erziehen. Stattdessen entgleitet Ross die Kontrolle über die Eigendynamik der »Welle«, deren Mitglieder zunehmend radikalisiert auftreten und im Namen ihres Anführers Befehle ausführen, die Ross nie erteilt hat. Ohne dass Ross noch darauf Einfluss hätte, kommt es im Namen des Kollektivs zu gewalttätigen Repressionen gegenüber Nichtmitgliedern. Erst der vereinte Druck besorgter Eltern, Lehrerkollegen und des Direktors zwingen Ross schließlich dazu, sein Experiment verfrüht zu beenden. Als Ausweg setzt Ross auf eine kollektive Schocktherapie durch die Macht historischer Bilder: Auf einer als »Welle«-Vollver-

Gruppenzwang: **group pressure**
Führerkult: **idolization of the leader**
sich etw. entziehen: **to resist s.th.**
etw. aus den Augen verlieren: **to forget s.th.**
besorgt: **concerned**
Schocktherapie: **shock therapy**

sammlung bezeichneten Kundgebung zeigt er den Schülern Filmdokumente aus NS-Konzentrationslagern. Anschließend bekennt Ross vor den erschütterten Schülern selbstkritisch, wie sehr er sich durch seine Machtstellung als Anführer zeitweise habe korrumpieren lassen, und entschuldigt sich dafür. Schließlich stellt er sich Robert, dem »einzigen wirklichen Verlierer« der ganzen Situation, als Mentor zur Verfügung.

Der »echte« Ben Ross

Die Romanfigur des Ben Ross beruht auf einem realen Vorbild: 1981 erschien in der Zeitschrift *Scholastic Voice* ein Interview mit dem amerikanischen Highschoollehrer Ron Jones, der seinen Schülern im Rahmen eines Gruppenexperiments vergegenwärtigen wollte, wie es sich angefühlt haben mochte, unter einem totalitären Regime zu leben.[3]

4. Werkaufbau

Die Erzählung *The Wave* ist in 17 Kapitel unterteilt. Die Handlungsstruktur gliedert sich, ähnlich wie im klassischen Drama, in fünf Teile: **Einführung (Exposition)**, **Spannungsaufbau**, **Höhepunkt**, **Wendepunkt**, kurze **Retardation** (Verzögerung der Handlung) und **Schluss**.

So führen **Kapitel 1–3** in die wichtigsten handelnden Personen sowie in die folgende Handlung ein **(Exposition)**: Schüler stellen dem jungen Geschichtslehrer Ben Ross eine Frage, die dieser nicht beantworten kann.

Kapitel 4–11 (Spannungsaufbau) berichten über Konzeption und Durchführung des Unterrichtsexperiments, mit dem Ben Ross den Fragen seiner Schüler begegnet: die Gründung einer Gemeinschaft mit Namen »Die Welle«, in der alle als gleich zu gelten haben. Die Mehrheit der Schüler ist fasziniert.

In Kapitel 12 kommt es zu einem vorläufigen **Höhepunkt**: »Die Welle« vereinnahmt zunehmend die Schülerge-

Kapitel: **chapter**
unterteilen, gliedern: **to divide into**
Einführung, einführen: **introduction,** to introduce
Spannung aufbauen: **to build up tension**
Höhepunkt: **climax**
Wendepunkt: **turning point**
Retardation: **retardation**
Schluss: **finish**
Konzeption: **idea**
Unterrichtsexperiment: **experiment in class**

meinschaft. Laurie streitet sich mit ihrem Freund David wegen der »Welle« und trennt sich von ihm.

Kapitel 13–15 lassen bereits eine Wende erkennen: »Welle«-Mitglieder diskriminieren Nichtmitglieder und schüchtern sie ein. Dagegen kämpfen Laurie und die Redaktion der Schülerzeitung an. In **Kapitel 16** schreitet schließlich der Schuldirektor ein und verbietet die »Welle« **(Wendepunkt)**. Ebenfalls in **Kapitel 16** versuchen Laurie und David, Ross von der Einberufung einer »Welle«-Vollversammlung abzuhalten **(Retardation)**.

Diese Versammlung findet in **Kapitel 17** allerdings statt und führt geradewegs zum **Schluss** der Erzählung: Die »Welle« wird aufgelöst, und die Schüler erkennen, wie leicht sie sich haben manipulieren lassen.

The Wave als Novelle

The Wave ist eine kurze Prosaerzählung (gehört also zur Gattung »Epik«), die sich auf einen wesentlichen Handlungsstrang konzentriert. Auf weit verzweigte, verschachtelte oder verschiedene parallele Handlungen, wie man sie

sich über etw. streiten: **to argue about s.th.**
einschreiten: **to intervene**
jdn. von etw. abhalten: **to prevent s.b. from doing s.th.**
allerdings: **however**
erkennen: **to realize, understand**
Prosaerzählung: **prose narrative**
Handlungsstrang: **strand of the plot**
verzweigt: hier: **ramified**
verschachtelt: hier: **complicated**

häufig in Romanen findet, verzichtet der Erzähler. Stattdessen konzentriert sich *The Wave* auf die Beschreibung von Konzeption, Durchführung und Folgen eines außergewöhnlichen Unterrichtsexperiments im Fach Geschichte. Indem *The Wave* somit eine »unerhörte Begebenheit« schildert, die realistisch erscheint, erfüllt sie J. W. Goethes wichtigstes Kriterium einer Novelle. Nach Goethe ist ein idealtypisches Merkmal der Novelle nämlich der wahre oder zumindest wahrscheinliche Charakter der Erzählung; *The Wave* beruht bekanntermaßen auf einer wahren Geschichte. Darüber hinaus fällt die Novelle durch ihre überschaubare Länge auf, die nach allgemeinem Verständnis zwischen den Formaten »Kurzgeschichte« und »Roman« eingeordnet wird. *The Wave* gehört allerdings zu den wenigen Novellen mit offenem Schluss; üblicherweise bevorzugen Novellisten nämlich eine geschlossene Form der Erzählung, die oft aus der Rückschau eines Ich-Erzählers referiert wird. Andererseits ist *The Wave* aber auch kein einfacher Tatsachenreport, da die Erzählung ja auf einer Verdichtung realer Tatsachen beruht und somit ein fiktionaler Text ist.

Verdichtung wahrer Tatsachen

Beschreibung, beschreiben: **description**, to describe
Novelle: **novella, novellette**
idealtypisches Merkmal: **ideal characteristic**
wahrscheinlich: hier: **realistic**
Kurzgeschichte: **short story**
Roman: **novel**
offener Schluss: **open ending**
Rückschau: **retrospective (view)**
(poetische) Verdichtung: **concentration**

Erzählung und Erzähltechniken

Es gibt keinen Ich-Erzähler. Stattdessen wird oft personal erzählt, d. h., der Erzähler kennt die Innenperspektive der handelnden Figuren und erzählt daher auch aus der Sicht bestimmter fiktiver Personen. Dabei erhält der Leser besonders häufig Aufschluss über die Gedanken von Geschichtslehrer Ben Ross. Damit erreicht der Erzähler, dass sich der Leser mit den Ideen, Sorgen und Nöten des jungen Lehrers leichter identifizieren kann. Vor allem wird auf diese Weise dem möglichen Missverständnis vorgebeugt, Ben Ross wolle die Schüler – wie seine Kritiker befürchten – in junge Faschisten verwandeln. Stattdessen erkennt der Leser Ben Ross' Plan, den Schülern das Wesen und die Gefahren des Faschismus lebensnah zu vergegenwärtigen.

Identifikationsangebote

Der personale Erzähler gibt aber auch die Gedankenwelt anderer wichtiger Figuren wieder, z. B. die Lauries oder Davids. Auch mit diesem Pärchen soll sich der Leser identifizieren, denn sie geraten in der Erzählung zu Vorbildern für Zivilcourage. Distanz bewahrt der Erzähler hingegen zur Masse der Schüler, die sich von der »Welle« vereinnahmen lässt. Insofern der Erzähler lediglich deren Äußerungen

Ich-Erzähler: **self-identifying narrator**
Innenperspektive: **personal point of view (of a figure)**
Sicht (einer Figur): **point of view**
Aufschluss über etw. erhalten: **to gain insight into s.th.**
sich mit etw./jdm. identifizieren: **to identify oneself with s.th./s.b.**
Gedankenwelt: **(innermost) thoughts**
Zivilcourage: **moral courage**

bzw. Handlungen wiedergibt, ohne dies durch eine der Hauptpersonen kommentieren zu lassen, bleibt die Beurteilung der übrigen Schüler dem Leser anheim gestellt.

Spannungsführung

Spannend bleibt die Erzählung bis zum Schluss, ja sogar über den Schluss hinaus, was der Erzähler durch einen Trick erreicht: Dem Leser wird zunächst immer nur so viel Information als nötig vermittelt, um dem Handlungsverlauf gut folgen zu können. In Kapitel 16 jedoch erhält der Leser, der Ben Ross' Gedanken kennt, gegenüber dem Wissen Lauries und Davids einen Informationsvorsprung: Während der Leser an dieser Stelle bereits weiß, dass Ross sein Experiment beenden wird, glauben Laurie und David, Ross wolle es auf die gesamten USA ausweiten. So kann der Leser die Schlussszene (Vollversammlung mit Ankündigung eines nationalen »Führers«) richtig deuten und rechnet auch richtig damit, dass die »Wel-

etw. kommentieren: **to comment on s.th.**
jdm. etw. anheim stellen: hier: **to leave s.th. for s.b. to determine**
Spannungsführung: **the way the author builds up suspense**
spannend: **full of suspense, absorbing**
jdm. Information vermitteln: **to inform s.b., to give (s.b.) information**
Handlungsverlauf: **course of action**
einen Informationsvorsprung erhalten: **to be better informed than s.b.**
etw. deuten: **to interpret s.th.**
mit etw. rechnen: **to expect s.th.**

le« tatsächlich aufgelöst werden wird. Der offene Schluss allerdings – Roberts Schicksal – wird bewusst gesetzt, um den Leser über das Ende der Erzählung hinaus zum Nachdenken anzuregen. Dies ist wichtig für die Interpretation der Erzählung als Ganzes, weil Robert einen Typus darstellt, dem im Zusammenhang mit faschistoiden Gesellschaften oft eine besondere Bedeutung zukommt: der ehemals Zukurzgekommene, der plötzlich etwas zu sagen hat.

Ein Schluss zum Nachdenken

bewusst, absichtlich: **deliberately**
faschistoide Gesellschaft: **fascist society**

5. Interpretation

Gleichheit gegen Freiheit

Ein unerbittlicher »Wettbewerb« um soziale Anerkennung prägt den Schulalltag an der Gordon High School. Der Stellenwert eines Schülers bemisst sich nach Leistungen oder Statussymbolen: gute Noten (Laurie), sportliche Stärke (David), ein eigenes Auto (Brian) oder die Zugehörigkeit zu einer prestigeträchtigen Gruppe (Amy). Das soziale Miteinander im Schulalltag ist geprägt von gegenseitigem Neid und dem Versuch, einander auszustechen. Diesen Leistungswettbewerb schafft die Gleichheitsdoktrin der »Welle« (Motto: »Macht durch Gemeinschaft«) von einem Tag auf den anderen ab. Von der Idee einer Gemeinschaft aus Gleichen sind die Schüler fasziniert, da sie Minderwertig-

Gleichheit gegen Freiheit: **equality versus individual/personal rights**

Wettbewerb: **contest**

Stellenwert, soziale Stellung: **social status**

sich nach etw. bemessen: **to be rated by s.th.**

Leistung: **achievement**

(Schul-)Noten: **grades**

prestigeträchtig: **prestigious**

Neid: **envy, jaundice**

ausstechen: **to leave s.b. behind**

Gleichheitsdoktrin: **doctrine of equality**

Gemeinschaft: **community**

Gemeinschaft aus Gleichen: **group of peers**

Minderwertigkeitskomplex, -gefühle: **inferiority complex, feeling of inferiority**

keits- und Neidgefühle obsolet macht. Außerdem ermöglicht die Gleichheitsdoktrin genau solchen Schülern ungeahnte Chancen, die im bisherigen Leistungswettbewerb nicht bestehen konnten. Bestes Beispiel ist der als »Versager« verspottete Robert Billings: Weil er die wenigen einfachen Richtlinien der »Welle« besonders eifrig befolgt, wird er von Ben Ross zum Vorbild stilisiert, dann zum Aufpasser und schließlich gar zum Leibwächter ernannt.

Kollektivierung schafft Macht

Während Robert unversehens zu einem mächtigen und respektierten Mitglied der neuen Gemeinschaft aufsteigt, verliert »Musterschülerin« Laurie Saunders ebenso plötzlich ihren einstigen Status als »Prinzessin« unter den Schülern.

Einzelleistungen interessieren in einer Gesellschaft aus Gleichen nämlich niemanden; es zählen allein die Bestrebungen und Handlungen der Gruppe als Ganzes. Das Recht auf individuelle Freiheit hat in der »Welle« keinen Platz. Wer als vollwertiges Mitglied der Gruppe anerkannt werden will, muss sich daher mit den Zielen und Handlungen der Gruppe identifizieren und eigene Interessen zurückstellen. Hält sich jemand nicht daran, so wird er ausgegrenzt. Laurie bekommt wegen »Welle«-kritischer Artikel in der Schülerzeitung zunehmend Ärger und muss sogar gewalttätige Übergriffe wütender »Welle«-Mitglieder befürchten. Die totale Gleichheit aller »Welle«-Mitglieder ist also nur um den Preis individueller Freiheiten zu haben.

Individualismus unerwünscht

Bestrebungen der Gruppe: **collective aims**
jdn. ausgrenzen: **to discriminate against s.b.**

Die ultimativen Konsequenzen systematischer Gleichschaltung (Kollektivierung) und Entmündigung besichtigen die Schüler am Ende der Erzählung in der Gestalt historischer Filmdokumente aus dem Dritten Reich: Sie sehen Bilder von der Verfolgung und Vernichtung von Millionen Menschen, die von den nationalsozialistischen Ideologen als »Feinde« gebrandmarkt wurden.

Gruppendisziplin gegen Leistungsprinzip

Drill contra Leistung

Ein militärisch anmutender Drill: Sitz- und Grußhaltung, Kleiderordnung und Sprechchöre nehmen ab Gründung der »Welle« im Geschichtsunterricht von Ben Ross viel Raum in Anspruch. Denn die zweite Grundregel der »Welle« lautet: »Macht durch Disziplin«. Fortan ersetzen knappe, gebrüllte Antworten die bisher übliche gedankliche Auseinandersetzung mit Lerninhalten. Der lernschwache Robert erhält allein dafür ein Lob, dass er auf eine Lehrerfrage hin die geforderte aufrechte Körperhaltung einnimmt.

Akademische Leistungen treten in dieser veränderten Umgebung völlig in den Hintergrund: Als Laurie eine Frage inhaltlich korrekt beantwortet, ohne auf die geforderten

Gruppendisziplin gegen Leistungsprinzip: **group discipline versus principle of achievement**

Sprechchor: **chorus**

gedankliche Auseinandersetzung mit etw.: **intellectual approach towards s.th.**

lernschwach sein: **to have learning difficulties**

Umgebung, Umfeld: **(social) environment**

»militärischen« Umgangsformen zu achten, disqualifiziert der Lehrer ihre Antwort als »falsch«. Ausgerechnet Robert läuft der einstigen Musterschülerin bald ihren Rang als Vorbild ab, indem er die wenigen einfachen Richtlinien der »Welle« befolgt und im Übrigen eifrig seiner neuen Funktion als Denunziant »auffälliger« Mitschüler gerecht wird. Durch den Gruppendrill zu einer Gemeinschaft aus Gleichen verschiebt sich bald das bisherige soziale Gefüge: Bald übernimmt Laurie Roberts alte Außenseiterstellung. Der Einzelne hat sich dem Willen des Kollektivs zu unterwerfen; wer sich dieser Gruppendisziplin nicht fügt, wird ausgestoßen. Verpönt ist im »Welle«-Kollektiv daher auch das bisher gültige Leistungsprinzip. Laurie etwa gerät mit ihren guten Noten schnell in den Ruch, besser sein zu wollen als alle anderen. Das wird als unsozial empfunden, weil es gegen die Gleichheitsdoktrin verstößt. Wie unbequem vielen Schülern das individualistische Leistungsprinzip erschienen sein muss, verrät der enorme Zulauf aus anderen Jahrgangsstufen und die allgemeine Faszination an der neu entdeckten »Disziplin«.

Verdummung der Masse

Für die »Welle«-Mitglieder dient der Gruppendrill dazu, die Gleichheitsdoktrin durchzusetzen und zu verankern. So durchdringen Sprechchöre, »Welle«-Gruß, die gemeinschaftliche Organisation von Rekrutierungsaktionen, Kundgebungen und Versammlungen nach und nach immer mehr Bereiche des Schulalltags; die Schüler funktionieren »wie ein Regiment Soldaten«.

Was Ben Ross in seinen Auswirkungen zunächst verdutzt

Umgangsformen: hier: **behaviour**
soziales Gefüge: **social balance**

zur Kenntnis nimmt, kann als logische Folge eines von ihm wirksam implementierten Sozialmechanismus freilich nicht überraschen. Regelmäßig wiederkehrende Zeichen und Rituale (z. B. Grußordnung, Dresscode, Symbole etc.) dienen einer geschlossenen Gruppe nach außen hin zur Selbstabgrenzung von ihrer Umwelt. Nach innen dienen solche Rituale der gegenseitigen Bezeugung und Bekräftigung des Zusammengehörigkeitsgefühls als Gemeinschaft. Die Nationalsozialisten praktizierten beispielsweise den »Hitlergruß«, regelmäßige Appelle und kleideten die Menschen in Uniform.

Brainwashing-Syndrom

Die Wirksamkeit solcher Formen kollektiver Disziplinierung lässt sich aus dem Verhalten der Mehrheit aller »Welle«-Mitglieder ersehen. So empfinden viele Schüler eine persönliche Läuterung, der sie in geradezu überschwänglichen Statements Ausdruck verleihen; einige fühlen sich »zum ersten Mal« in ihrem Leben als Teil eines Ganzen und finden das »großartig«. Andere glauben, eine neue, befreiende Form der Gruppensolidarität zu erfahren, die ihnen die Angst vor dem persönlichen Scheitern nimmt; Amy, die heimlich auf Laurie neidisch war, ist froh, dass der alltägliche Leistungswettbewerb und damit auch der Anlass für ihren zermürbenden Neid auf Laurie hinfällig geworden ist.

Bezeugung, bezeugen: hier: **testimonial**, to testify
Bekräftigung, bekräftigen: **affirmation**, to affirm
Zusammengehörigkeitsgefühl: **feeling of belonging (to a group)**
kollektive Disziplinierung: **collective disciplinary measures**
Läuterung: **purification**
Gruppensolidarität: **group/collective solidarity**
auf jdn. neidisch sein: **to be jealous of s.b.**

Als Ross die »Welle« allerdings wenige Tage später jäh wieder auflöst, stehen die Schüler zunächst vor einem Trümmerhaufen enttäuschter Hoffnungen. Dies gilt exemplarisch für Robert, der sich in seine vormalige Bedeutungslosigkeit zurückgestoßen sieht. Der Grund dafür ist der plötzliche Verlust der klaren Richtlinien, der »Gruppendisziplin« also, an der sich Robert so erfolgreich orientiert hat. Es fehlt nun auch die Führerfigur, auf die aller Sinn und Inhalt der »Welle« und damit allen Tuns und Strebens konzentriert war. Roberts neu entdecktes Selbstbewusstsein verlässt ihn deshalb ebenso plötzlich, wie es ihn überkommen hatte, denn es war nicht auf persönliche Stärken gegründet, sondern – im Gegenteil – auf völlige Selbstunterwerfung.

Selbstunterwerfung als Lebensweg

Gemeinschaftliches Handeln als gesellschaftliches Machtmittel

Die »Welle«-Mitglieder halten ihre Gemeinschaft für eine neue gesellschaftliche Elite: Sie empfinden sich als besonders soziale, disziplinierte, effektive und somit als höherwertige Menschen. Da liegt der Wunsch nahe, der ver-

Bedeutungslosigkeit: **insignificance**
Verlust: **loss**
Richtlinien: **guidelines**
Führerfigur: **leader figure**
Selbstbewusstsein: **self-esteem**
Selbstunterwerfung: **self-submission**
gemeinschaftliches Handeln: **collective action**
Machtmittel: **instrument of power**

Beschäftigung der Massen

meintlich heilsbringenden Gruppenideologie eine gesellschaftliche Machtstellung zu sichern und andere zu »missionieren«. Ross gibt die einfache Anleitung, gemeinschaftlich, planvoll, zielgerichtet zu handeln. Das Grundprinzip: Jedes Gruppenmitglied übernimmt im Zusammenhang mit dem Ziel der »Welle«, sich gesellschaftlich durchzusetzen, eine bestimmte Aufgabe oder Funktion. Beispielsweise als Ordner beim Football-Turnier, der auf der Tribüne dafür sorgt, dass kein Andersdenkender durch seine schiere Präsenz das kollektive Einträchtigkeitsgefühl stören kann. Andere Mitglieder erhalten die Aufgabe, Flugblätter zu verteilen oder Plakate aufzuhängen. Was wie die selbstlose Zurückstellung eigener Interessen aussieht, zielt in Wirklichkeit darauf ab, mit sozialer Anerkennung belohnt zu werden: Jedermann wird durch Beschäftigung in die Gruppe eingebunden und erfährt so ein Gefühl persönlicher Bedeutsamkeit. Robert beispielsweise wird auf Grund besonders eifrigen Befolgens des »Welle«-Drills zum Wächter über das konforme Verhalten seiner Kameraden ernannt. Der einstige »Prügelknabe« empfindet ein zuvor nie gekanntes Selbstbewusstsein, und

Neues Selbstbewusstsein

Machtstellung: **powerful position**
Andersdenkender: **dissident**
Einträchtigkeitsgefühl: **feeling of belonging (to a group)**
jdn. belohnen, Belohnung: **to reward s.b.,** reward
Beschäftigung: **occupation**
persönliche Bedeutsamkeit: **self-importance**
Prügelknabe: **whipping-boy, scape-goat**
Selbstbewusstsein: **self-esteem**

sein hingebungsvolles Engagement für die »Welle« scheint seinem von Langeweile und Frustrationen geprägten Alltag einen neuen Sinn zu verleihen.
In Wahrheit sitzen Robert und seine Mitschüler mit ihrem Gefühl persönlicher Bedeutsamkeit einem perfiden Sozialmechanismus auf, mit dem kollektivistische Gesellschaftssysteme ihre Macht über das Individuum sichern. Diesem von Ben Ross »Macht durch Handeln« genannten Mechanismus liegt ein denkbar einfacher, aber desto wirksamerer Plan zu Grunde: die Einbindung der Massen durch Organisation und Beschäftigung. Die Quelle des Geschichtslehrers ist wiederum seine Forschungsliteratur über das Dritte Reich: Um die unpolitische Bevölkerungsmehrheit zu kontrollieren, organisierten die Nationalsozialisten die Menschen in Arbeitskreisen oder Verbänden (z. B. dem Winterhilfswerk) und beschäftigten sie in ihrer Freizeit; die Jugend wurde gesondert von klein auf in der Hitlerjugend bzw. dem Bund Deutscher Mädel unter Aufsicht genommen. Soziale Gemeinschaftsaktionen wie z. B. Spendensammeln verstärkten zusätzlich das Gemeinschaftsgefühl. Besonders ideologiekonformes Verhalten wurde häufig durch die Übertragung eines begrenzten persönlichen Machtbereichs »belohnt«.

Macht als Belohnung

Vor diesem Hintergrund ist es also nicht weiter verwunderlich, dass Hunderte Schüler der »Welle« freiwillig ihre

Langeweile: **boredom**
einer Sache aufsitzen: hier: **to be duped by s.th.**
Arbeitskreis: **working group**
jdn. unter Aufsicht nehmen: **to put s.b. under supervision**
Machtbereich: **range of power**

Freizeit widmen und überdies bereitwillig Unannehmlichkeiten wegen geschwänzter Unterrichtsstunden in Kauf nehmen. Tatsächlich erfolgt die soziale Belohnung meist auf dem Fuße: Mitschüler Brad ist auf der Tribüne nicht mehr einfach Brad, sondern Ordner, der in dieser Funktion für die Gruppe wichtig ist und Anordnungen erteilen kann. Robert wird gar zum Leibwächter des »Welle«-Führers Ben Ross befördert. Der einzelne Schüler erfährt also ein Gefühl persönlicher Bedeutsamkeit, indem das eigene Handeln als wichtiger Beitrag zum Gelingen der gemeinschaftlichen Sache empfunden wird. Dass alle Mitglieder in das kollektive Handeln eingebunden werden, erhöht wiederum die Identifikation des Einzelnen mit der Gruppe und vergrößert damit nach außen deren Schlagkraft. Dieses Erfolgserlebnis und das Gefühl, Teil eines großen Ganzen zu sein, fungieren wiederum als wirksame Ersatzbefriedigung für die individuellen Interessen, die der Einzelne im Rahmen der Gruppendisziplin zurückstellen muss.

Rädchen im Getriebe

Wie konnten die Deutschen Hitlers Verbrechen zulassen?

Generationen von Schülern haben diese Frage seit dem Ende des Dritten Reiches immer wieder neu gestellt. Sie liegt der Erzählung *The Wave* als Kernfrage zu Grunde. Ob solche Verbrechen jemals wieder geschehen könnten, fragen amerikanische Schüler ihren Geschichtslehrer.

Schlagkraft: **strength, power**
Erfolgserlebnis: **sense of achievement**
Kernfrage: **crucial question, central issue**

Um seinen Schülern die Sozialmechanismen zu vermitteln, welche gesellschaftliche Mehrheiten angesichts offensichtlichen Unrechts zum Wegschauen verleiten können, gründet der Geschichtslehrer eine Gemeinschaft mit Namen »Die Welle«. Bereits nach wenigen Tagen sind Einschüchterungen und Handgreiflichkeiten gegenüber Nichtmitgliedern und Kritikern der »Welle« an der Tagesordnung. Über diese jähe Wandlung behüteter, wohlerzogener Teenager aus einer amerikanischen Kleinstadt ist der Lehrer anfangs selbst überrascht. Nach Auflösung der »Welle« am Ende der Erzählung zählt Ben Ross einige wesentliche Faktoren auf, die zur experimentellen Abschaffung individueller Grundrechte an der Schule beigetragen haben. So hat die Gleichheitsdoktrin der Welle ihren Mitgliedern ein Gefühl der Geborgenheit und der kollektiven Zusammengehörigkeit vermittelt. Gruppendisziplin und gemeinsames Handeln täuschten dem Einzelnen Halt und ein Gefühl überpersönlicher Bedeutsamkeit vor. Das individuelle Mitglied fühlte sich dadurch, ebenso wie die

Erklärungsversuche

Unrecht: **injustice**
etw. gründen: **to found**
jdn. einschüchtern, Einschüchterung: to bully s.b., **bullying**
Handgreiflichkeit: **attack**
an der Tagesordnung sein: **to happen all the time**
behütet: **protected**
wohlerzogen: **well-educated**
Abschaffung: **abolition**
Geborgenheit: **feeling of security**
jdm. etw. vortäuschen: **to dupe s.b. (into believing s.th.)**

Gruppe als Ganzes, als gesellschaftliches Vorbild. Aus diesem Glauben wiederum leiteten viele »Welle«-Mitglieder das Recht ab, Nichtmitglieder als minderwertig zu betrachten und entsprechend zu behandeln.
Angesichts der faschistoiden Geisteshaltung, Menschen außerhalb der eigenen Gruppe ihre Grundrechte abzusprechen, stellt Ben Ross eine die Schüler schockierende Diagnose: Hätte die Schulleitung die »Welle« gewähren lassen, so hätten auch »Welle«-Mitglieder in letzter Konsequenz nichts dabei gefunden, falls jemand eines Tages ihre »Freunde und Nachbarn verfolgt und vernichtet« hätte.

Was ist Faschismus?

Die Lektion, die Ben Ross seinen Schülern erteilt, lautet: Weder Geschichtskenntnisse noch gute Erziehung allein können die Möglichkeit erneuter Völkermorde für die Zukunft ausschließen. Vielmehr kann der faschistoide Drang, Menschen außerhalb der eigenen sozialen Gruppe ihre Grundrechte abzusprechen oder sie gar zu verfolgen, jederzeit und überall wieder entstehen.

So verdeutlicht das Unterrichtsexperiment, dass die wesentliche Triebfeder einer faschistoiden Geisteshaltung ein

Vorbild: **example**
faschistoide Geisteshaltung: **fascist attitude**
jdm. etw. absprechen: **to deny s.b. s.th.**
Völkermord: **genocide**
Triebfeder: **driving power**

Gemisch unbefriedigter psychologischer und sozialer Urbedürfnisse des Menschen ist. Die kollektivistische Gruppenideologie der »Welle« beispielsweise appelliert in erster Linie an die Sehnsucht des Individuums nach Geborgenheit, Halt und persönlicher Bedeutsamkeit. Gleichheitsdoktrin und Gruppendisziplin als ideologisches Gerüst der »Welle« werden für die Schüler zu Richtlinien, die die Unbequemlichkeit des eigenen Denkens und Urteilens ersetzen können. Attraktiv erscheint dieses Angebot allerdings nicht nur »Versagern« wie Robert, die im Alltag der Leistungsgesellschaft mit erheblichen Selbstzweifeln zu kämpfen haben. Vielmehr sind mit David, Brian oder Amy auch solche Schüler betroffen, die schon vor der »Welle« zu den Stars der Schule gehört haben. In diesem Zusammenhang erinnert Ben Ross seine Schüler daran, dass in allen Bevölkerungsschichten Hitlerdeutschlands überzeugte Nationalsozialisten zu finden waren: »Faschismus ist hier mitten unter uns und in jedem von uns«: das ist die Quintessenz des Geschichtslehrers aus seinem provokativen Unterrichtsexperiment.

Ursachen

Am Ende der Erzählung steht deshalb die Mahnung an das Individuum, seinen de-

Mahnung

unbefriedigt: **unsatisfied**
Urbedürfnis: **basic need**
an etw. appellieren: **to appeal to s.th.**
Sehnsucht: **longing (for)**
ideologisches Gerüst: **ideological frame**
Unbequemlichkeit: **inconvenience (of doing s.th.)**
Angebot: hier: **option**
Selbstzweifel: **self-distrust**
Mahnung: **admonition**

mokratischen Freiheiten gerecht zu werden und stets für sich selbst Verantwortung zu übernehmen: Ross erklärt seinen Schülern, sie müssten sich in Entscheidungssituationen ihr eigenes Urteil bilden, anstatt sich »blind« auf Anleitung durch Dritte zu verlassen.

Aus diesem Grund verankerten nach dem Zweiten Weltkrieg die Gründerväter der Bundesrepublik Deutschland den mündigen Bürger als Souverän im politischen System der Bundesrepublik. Die Erzählung *The Wave* mahnt allerdings am Beispiel Lauries: Das Recht auf Mündigkeit greift nur dann, wenn es der einzelne Staatsbürger tatsächlich im täglichen Leben wahrnimmt. Die Vermittlung dieser Erkenntnis ist ein Ziel des Unterrichtsexperiments von Ben Ross.

Stets aktuell: Faschismus

Weil die Empfänglichkeit für faschistoides Gedankengut unabhängig ist von Intelligenz, Bildungsgrad, sozialer, ethnischer oder nationaler Gruppenzugehörigkeit, steht am Ende der Erzählung die bereits oben angeführte Erkenntnis, dass Faschismus jederzeit und überall entstehen kann. Und tatsächlich hat es seit den Verbrechen der Nationalsozialisten mitten auf dem europäischen Kontinent in jüngster Zeit wieder Völkermorde gegeben.

Entscheidungssituation: **critical situation**
Gründerväter: **founders**
der mündige Bürger: **the responsible citizen**
Empfänglichkeit: **receptivity, impressionability**
Gedankengut: **ideology**

6. Autor und Zeit

Bunter Lebenslauf

Todd Strasser wurde am 5. Mai 1950 in New York geboren. Er besuchte dort in Long Island die Schule und wechselte anschließend auf das College in New York, welches er allerdings bald wieder verließ. Zunächst suchte er sein Glück in einer Landkommune, wenig später brach er dann nach Europa auf, wo er seinen Lebensunterhalt als Straßenmusikant verdiente. Seine Erlebnisse inspirierten ihn dazu, Schriftsteller zu werden; Strasser kehrte also wieder in die USA zurück und studierte Literatur und Kreatives Schreiben. Anschließend arbeitete er zwei Jahre lang in Middletown (Bundesstaat New York) für die Zeitung *Middletown Times Herald*.

1978 wurde Strasser nach dem glücklichen Verkauf seiner ersten Erzählung, *Angel Dust Blues*, zum Unternehmer: Er steckte sein selbst verdientes Kapital in eine Glückskeksfabrik, mit der er die nächsten 12 Jahre lang seinen Lebensunterhalt verdiente. 1981 heiratete er Pamela Older, mit der er zwei Kinder bekam. Im gleichen Jahr erschien Strassers Erzählung *The Wave* als Buch zum gleichnamigen Fernseh-

die Schule besuchen: **to attend school**
auf das College wechseln: **to go on to college**
seinen Lebensunterhalt verdienen: **to earn one's living**
Straßenmusikant: **street musician**
Schriftsteller: **writer, novelist**
Erzählung: **novel**
Unternehmer: **entrepreneur**
Glückskeksfabrik: **fortune cookie factory**

Morton Rhue (Tod Strasser)
picture-alliance / dpa/dpaweb

film. 1990 verließ die Familie des Schriftstellers New York; in dieser Zeit entstanden etliche neue Filmbücher, ehe Strasser 1993 den ersten Titel seiner beliebten Kinderbuchserie »Help! I'm Trapped« verfasste. Neben zahlreichen anderen Preisen wurde Strasser 1995 mit dem »New York State Library Association Award for Outstanding Children's Literature« ausgezeichnet. 1996 ehrte die International Reading Association den Autor mit der »Children's Choice«-Auszeichnung. In jüngster Zeit meldet sich Strasser immer wieder mit neuen Jugendbüchern zu aktuellen gesellschaftlichen Themen zu Wort; zuletzt erschien etwa sein Jugendroman *CON-fidence*. Bis heute ist der bekannte Autor gern gesehener Gast in Schulen und auf Konferenzen.[4]

Weltbekannter Autor

Werkliste

Kinderbücher

The Complete Computer Popularity Program (1984)
The Mall from Outer Space (1987)
Help! I'm Trapped in My Teacher's Body (1993)
Help! I'm Trapped in the First Day of School (1994)
Please Don't Be Mine, Julie Valentine (1994)
Abe Lincoln for Class President (1995)
Help! I'm Trapped in Obedience School (1995)
Howl-A-Ween (1995)
Wordsworth and the Cold Cut Catastrophe (1995)
Wordsworth and the Kibble Kidnapping (1995)
Wordsworth and the Mail-Order Meatloaf Mess (1995)

mit einem Preis ausgezeichnet werden: **to be awarded a prize**

Wordsworth and the Roast Beef Romance (1995)
The Kid's Book of Insults: How to Put Down, Dis, and Slam Your Best Friends (1996)
Hey, Dad, Get a Life! (1996)
Wordsworth and the Tasty Treat Trick (1996)
Wordsworth and the Lip-Smacking Licorice Love Affair (1996)
Help! I'm Trapped in the President's Body (1997)
Help! I'm Trapped in My Gym Teacher's Body (1997)
Greasy Grimy Gopher Guts (Camp Run-a-Muck, 1) (1997)
Mutilated Monkey Meat (1997)
Chopped-Up Birdy's Feet (1997)
Help! I'm Trapped in My Sister's Body (1997)
Help! I'm Trapped in Obedience School Again (1997)
Help! I'm Trapped in Santa's Body (1997)
Kidnap Kids (1998)
Help! I'm Trapped in the First Day of Summer Camp (1998)
Help! I'm Trapped in an Alien's Body (1998)
The Kids' Book of Gross Facts & Feats (1998)
Shark Bite (Against the Odds) (1998)
Grizzly Attack (Against the Odds) (1998)
Buzzard's Feast (Against the Odds) (1999)
Help! I'm Trapped in a Movie Star's Body (1999)
Gator Prey (Against the Odds) (1999)
Close Call (1999)
Help! I'm Trapped in My Lunch Lady's Body (1999)
Y2K-9: The Dog Who Saved the World (1999)
Help! I'm Trapped in a Professional Wrestler's Body (2000)
Help! I'm Trapped in a Vampire's Body (2000)
Driving the School Bus (Don't Get Caught) (2000)
Don't Get Caught Wearing the Lunch Lady's Hairnet (2001)

Help! I'm Trapped in a Super Model's Body (2001)
Don't Get Caught in the Girl's Locker Room (2001)
Don't Get Caught in the Teacher's Lounge (2001)

Jugendliteratur

Angel Dust Blues (1979)
Friends Till the End (1981)
Rock 'N' Roll Nights (1982)
Workin' for Peanuts (1983)
Turn It Up! (1984)
A Very Touchy Subject (1985)
Wildlife (1987)
The Accident (1988)
Moving Target (1989)
Beyond the Reef (1989)
The Diving Bell (1992)
Summer's End (Lifeguards) (1993)
Summer's Promise (Lifeguards) (1993)
How I Changed My Life (1995)
Who's That Guy? (1995)
Playing for Love (1995)
How I Created My Perfect Prom Date (1996)
How I Spent My Last Night on Earth (1998)
Here Comes Heavenly (1999)
Here Comes Heavenly: Dance Magic (1999)
Here Comes Heavenly: Pastabilities (2000)
Here Comes Heavenly: Spell Danger (2000)
Nightmare Inn (2000)
Nightmare Inn: The Pool (2000)
Nightmare Inn: Room 13 (2000)
Nightmare Inn: The Attic (2000)

Give a Boy a Gun (2000)
CON-fidence (2002)
Thief of Dreams (2003)

Erwachsenenliteratur

The Family Man (1988)

Kurzgeschichten

On the Bridge (1987)
Fairy Tale (1989)
Bones (1995)

Aufsätze

Becoming a YA Novelist (1980)
Behind the Scenes Censorship (1982)
I Was a Teenage Boy (1983)
Stalking the Teen (1986)
Nineteen Different Answers and One Black Eye (1992)
Dear Teachers (2001)

Filmbücher

The Wave (1981)
Ferris Bueller's Day Off (1986)
Pink Cadillac (1989)
Cookie (1989)
Home Alone (1990)
Walt Disney's »Peter Pan« (1990)
Home Alone 2 Lost in New York (1992)

Honey, I Blew Up the Kid (1992)
Addams Family Values (1993)
The Beverly Hillbillies (1993)
Disney's Villains Collection Stories from the Film (1993)
Free Willy (1993)
The Good Son (1993)
Hocus Pocus (1993)
Rookie of the Year (1993)
Super Mario Brothers (1993)
The Three Musketeers (1993)
Disney's It's Magic! Stories from the Films (1994)
Miracle on 34th Street (1994)
The Pagemaster (1994)
Richie Rich (1994)
Street Fighter (1994)
Tall Tale The Unbelievable Adventures of Pecos Bill (1994)
3 Ninjas Kick Back (1994)
Walt Disney's »Lady and the Tramp« (1994)
Free Willy 2 The Adventure Home (1995)
The Amazing Panda Adventure (1995)
Jumanji (1995)
Man of the House (1995)
Home Alone 3 (1997)
Anakin Skywalker (Star Wars Episode 1 Journal Series) (1999)

Einordnung von *The Wave* in das Gesamtwerk des Autors

The Wave gehört zu den zahlreichen Auftragstiteln, die Todd Strasser auf der Grundlage erfolgreicher US-Filmproduktionen verfasste. Darunter sind etwa Romanadaptionen der Hollywood-Streifen *Kevin – Allein zu Haus* nebst Folgetiteln sowie *Jumanji*, *Die drei Musketiere* und *Free Willy*.

Mit *The Wave* erlangte Strasser weltweite Bekanntheit. Vor allem in den USA ist der Autor aber auch wegen seiner unterhaltsamen Erzählungen beliebt, in denen fiktive Altersgenossen der kindlichen bzw. jugendlichen Leser die Hauptrollen spielen. Viele von ihnen stellen bestimmte Schülertypen aus unterschiedlichen Gruppierungen dar, welche die Timothy Zonin High School bevölkern. In etlichen seiner Erzählungen führt Strasser seine jugendlichen Leser in das Reich der Träume und der Phantasie. Weltweite Erfolge feiert der Autor etwa mit den Kinderbuchtiteln seiner »Help! I'm Trapped«-Serie, in der der Schüler Jake Sherman oder einer seiner Freunde sich plötzlich in einem fremden Körper wiederfinden und dabei bizarre Abenteuer erleben.

Phantasiegeschichten

Auftragstitel verfassen: **to write novels on demand**
Romanadaption: **novelization**
weltweite Bekanntheit: **worldwide fame**
unterhalten, unterhaltsam: **to entertain**, entertaining
Schülertypus: **type of pupil**
Erzählung: **novel**
Reich der Träume / der Phantasie: **dreamland**

In jüngster Zeit hat sich Todd Strasser wiederum stärker aktuellen gesellschaftlichen Themen zugewandt. So platzte seine 2000 erschienene Erzählung *Give A Boy A Gun* mitten in eine emotional aufgeladene Waffendebatte in der US-Gesellschaft. Strasser thematisiert in seiner Erzählung über eine Geiselnahme durch jugendliche Täter das gesellschaftliche Problem gewalttätiger Racheakte als Folge sozialer Ausgrenzung in der Schule. Aktuelle Pubertätsprobleme moderner Jugendlicher kommen in dem 2002 erschienenen Buch *CON-fidence* zur Sprache.

Provokante Themen

Waffendebatte: **debate on weapons**
thematisieren: **to discuss**
soziale Ausgrenzung: **social marginalization**
Pubertätsprobleme: **adolescent problems**

7. Rezeption

Noch ehe Todd Strasser alias Morton Rhue das außergewöhnliche Sozialexperiment »Third Wave Rally« eines kalifornischen Geschichtslehrers zu seiner weltberühmten Novelle verarbeitete, hatte der amerikanische Filmemacher Norman Lear daraus zunächst ein Fernsehspiel gemacht. Dieses erzielte 1981 im US-Fernsehen Spitzenquoten und erhielt neben dem Peabody- 1984 auch den begehrten Emmy-Award. Die Buchrechte an dem Film wurden daraufhin an einen amerikanischen Medienkonzern verkauft. Dieser beauftragte den Kinder- und Jugendbuchautor Todd Strasser, »Die Welle« in Novellenform zu gießen. So entstand die Erzählung *The Wave*, die 1981 erschien, in zahlreiche Sprachen übersetzt und mit weltweit rund 1,5 Millionen verkauften Exemplaren zum Bestseller wurde, welcher knapp 40 Jahre nach dem Ende des Zweiten Weltkrieges insbesondere in Europa auf reges Interesse stieß. In der Bundesrepublik gehört das Buch seitdem zur Unterrichtslektüre.

Bestseller

Seit der Veröffentlichung von *The Wave* entstanden auf der Grundlage des Buches mehrere Bühnenstücke. Ron Jones, das reale Vorbild des Geschichtslehrers Ben Ross aus *The Wave*, veröffentlichte 1972 unter dem Titel *The Third Wave* zu seinem Unterrichtsexperiment einen eigenen Er-

Der »echte« Mister Ross

außergewöhnlich: **extraordinary**
Filmemacher: **film producer**
Buchrechte: **novalization rights**
Bühnenstück: hier: **adaptation of s.th. for the stage**

fahrungsbericht sowie später mehrere Aufsätze und Erzählungen *(No Substitute For Madness)*. 1993 besuchte Jones auf Einladung der Regierung Kohl die Bundesrepublik, besichtigte etliche Holocaust-Gedenkstätten und berichtete seinerseits über sein Unterrichtsexperiment. Aus seinen öffentlichen Auftritten ging 1994 die Produktion einer Videoaufnahme hervor, auf der Ron Jones seine Geschichte erzählt. Nach wie vor ist Strassers *The Wave* ein viel beachtetes Buch, weil es dazu beiträgt, zu verstehen, wie leicht Faschismus entstehen kann.

Gedenkstätte: **memorial**

8. Checklist: Revision for Term Papers & Finals

1./2. Coming To Grips With The Contents

1.1. *The Wave* is based on a true story. Give a short summary on the facts behind Todd Strasser's novel. (pp. 5–7)

2.1. Write a short summary of the plot! (pp. 8–15)

3. Understanding The Characters

3.1. Briefly describe the characters of Laurie Saunders and David Collins. Then compare: what differences are there between them, and what do they have in common? Use examples from the text to back up your arguments. (pp. 16–21)

3.2. Explain what makes »The Wave« so important to Robert Billings. What type of person do you think Robert might be? (pp. 21–23)

3.3. What do you know about Laurie's friend Amy, and what kind of a person do you think her?

4. Looking At The Structure and The Language of The Novel

4.1. Think of a history question Mr Ross might ask in class. Compare how a pupil would answer it before, and after the foundation of »The Wave«.
How do the new »Wave« behavioural codes Mr Ross introduces affect the general use and style of language in history class?

4.2. Scan the text for five sentences in colloquial (umgangssprachlich) language. Then translate into colloquial German.

4.3. Where does the plot climax? Why?

4.4. Sketch a drama scheme (Gliederung) for the plot, using the following terms: introduction, tension build-up, climax, turning point, end. (pp 26–27, 30–31)

5. Interpretation: Understanding The Novel

5.1. Explain the »Wave« motto »Strength through Community«. What does it mean?
Why are the pupils so fascinated by the idea of a community of equals?

5.2. What effects does collective »discipline« have on the »Wave« members?

5.3. What do you think Ben Ross wanted to teach his pupils?

5.4. What does Ben Ross mean by telling his pupils that fascism affects everybody? Explain.

6. Creative Writing: Complete The Novel With Your Own Scenario!

6.1. At the end of the book, Ben Ross goes up to Robert to talk.
How would you talk to Robert if you were his teacher? (And what could Robert possibly have to say?) Write your own scenario.

7. Thinking About The Text

7.1. Imagine your own history teacher starting up a similar experiment in class. After having read *The Wave*, how do you think you would react? Justify your arguments.

7.2. Imagine yourself as one of the pupils' parent: how would you react to Ben Ross at the next parents' evening? Would you congratulate the teacher on his unconventional style of teaching, or would you give him a set-down (ihm »die Meinung geigen«)? Explain.

7.3. Do you think it should be mandatory to read *The Wave* in German schools? Justify your opinion.

7.4. What main message(s) do you think the novel conveys to its readers?

7.5. Did you enjoy reading the book? Why (not)?

Lektüretipps/Filmempfehlungen

Textausgaben

Morton Rhue: The Wave. Text and Study Aids. Ed. and annotated by Peter Bruck. Stuttgart/Düsseldorf/Berlin/Leipzig: Klett, 1989.

– The Wave. Hamburg: Petersen, 1988. (ELT. 36.)

The Wave im Internet

http://library.trinity.wa.edu.au/subjects/english/fiction/rhue.htm 18. September 2003.

Material zur realen Geschichte:

http://www.outspokenideas.com/html/wave_pr.html
http://www.paloaltoonline.com/news_features/centennial/1960 SC.html

Biographie von Ron Jones, dem »echten« Ben Ross:

http://www.outspokenideas.com/html/rj_bio.html

Jones, Ron: The Third Wave (1972).
http://www.vaniercollege.qc./Auxiliary/Psychology/Frank/Thirdwave.html

Interview mit Ron Jones aus der Zeitschrift *Scholastic Voice* vom 18. September 1981
(in Auszügen wiedergegeben in: Morton Rhue: Die Welle. Aus dem Amerikan. von Hans-Georg Noack. Ravensburg: Otto Maier 1985. S. 141–143).

Verfilmungen

Film:

The Wave. Regie: Alexander Grasshoff.

Video:

The Wave (60 Minuten Farbe). Ron Jones Stories Volume 1, aufgezeichnet beim Solo Mio Festival, 12. Juni 1994, durch Dirksen-Molloy Productions, San Francisco (USA).

Todd Strasser (alias Morton Rhue) im Internet

Biographie und Werkliste des Autors:

http://www.toddstrasser.com

Anmerkungen

1 Zu den realen Hintergründen vgl. im Folgenden: Susan Jackson, A dangerous experiment, in: *Palo Alto: The First 100 Years* (Sonderausgabe des *Palo Alto Weekly* zum 100-jährigen Stadtjubiläum von Palo Alto vom 13. April 1994).
Quelle: http://www.paloaltoonline.com/news_features/centennial/1960SC.html 9. Juni 2004.
Ron Jones: The Third Wave (1972).
Quelle: http://www.vaniercollege.qc.ca/Auxiliary/Psychology/Frank/Thirdwave.html 9. Juni 2004.

2 Vgl. Kurzdarstellung von *The Wave.*
Quelle: http://www.toddstrasser.com/html/thewave.htm 9. Juni 2004.

3 Siehe Interview mit Ron Jones in der Zeitschrift *Scholastic Voice* vom 18. September 1981 (in Auszügen wiedergegeben in: Morton Rhue, *Die Welle*, aus dem Amerikan. von Hans-Georg Noack. Ravensburg 1985, S. 141–143).

4 Zur Biographie des Autors vgl.: http://www.toddstrasser.com/html/toddslife.htm 9. Juni 2004.

Raum für Notizen